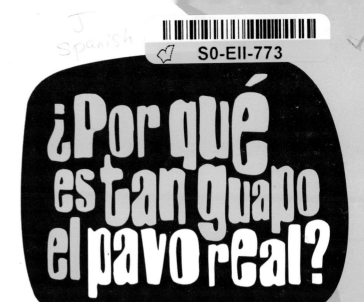

¿Por qué es tan guapo el pavo real?

y otras **estrategias** de los animales para tener hijos

ediciones **iamiqué**

LIBROS
CIENTÍFICAMENTE
DIVERTIDOS

¿Qué es ediciones iamiqué?

ediciones iamiqué es una miniempresa argentina manejada por una física y una bióloga empecinadas en demostrar que la ciencia no muerde y que puede ser disfrutada por todo el mundo. Fue fundada en el año 2000 en un desván de la ciudad de Buenos Aires, y comparte sus instalaciones con la caja de herramientas y la cómoda de la abuela.

ediciones iamiqué no tiene secretarias ni telefonistas, no cuenta con departamento de marketing ni cotiza en bolsa. Sin embargo, tiene algo que debería valer más que todo eso: unas ganas locas de hacer los libros de ciencia más lindos, más divertidos y más creativos del mundo.

idea y texto: Carla Baredes e Ileana Lotersztain
corrección: Patricio Fontana
ilustraciones: Esteban Tolj
diseño y diagramación: Javier Basile

primera edición: abril de 2004
primera reimpresión: marzo de 2005
I.S.B.N.: 987-20830-4-5
Queda hecho el depósito
que establece la ley 11.723
Impreso en Argentina
Printed in Argentina

Baredes, Carla
    ¿Por qué es tan guapo el Pavo Real? : y otras estrategias de
los animales para tener hijos / Carla Baredes e Ileana Lotersztain.-
1ª. ed.- Buenos Aires : Iamiqué, 2004.
    60 p. ; 21x21 cm.- (¡Qué bestias!)

    ISBN 987-20830-4-5

    1. Ciencias Naturales-Material de Enseñanza I. Lotersztain, Ileana
II. Título
CDD. 371.33

algunas cosas de las que vas a enterarTe en este libro

Imaginá que tu mejor amigo está enamorado de tu mejor amiga y que, como no sabe qué hacer para conquistarla, te pide algún consejo. ¿Qué le dirías?

que le mande una carta

¡Adiós preciosa!

que le regale un chocolate

que la ayude con la tarea

que se ponga pintón

que le diga algún piropo

que la invite al cine

Hechizos de amor

Evidentemente, las personas usamos muchas estrategias cuando queremos conquistar a alguien. Y aunque esas estrategias pueden ser muy variadas, todas persiguen el mismo objetivo: que el otro nos elija.

¿Y qué pasará con los animales? ¿Cómo hará un bichito de luz para que una bichita se fije en él? ¿Qué táctica usará el burro para enamorar a la burra de sus sueños? ¿Cómo conseguirá novia el lince?

Iguales, pero diferentes

Aunque los animales no se invitan al cine, ni cuentan chistes divertidos, ni dicen cosas interesantes, también tienen estrategias que los ayudan a conseguir pareja. ¿Cuáles? El secreto está en la **diferencia...**

Buscá las 5 diferencias que hay entre estos dos ratones

Tal vez ya sepas que no hay dos cebras idénticas, ni dos elefantes igualitos, ni dos delfines calcados. Las pequeñas diferencias que hay entre dos animales "iguales" no son ni buenas ni malas. Son, simplemente, diferencias. Aunque, algunas veces, pueden convertirse en una herramienta **muy efectiva** para conquistar a otro. ¿Sabés cómo? Da vuelta la página y vas a encontrar una pista.

El pavo Coludo

¿No es incómoda?

¡Qué original!

¡Qué ridículo!

Había una vez una pareja de pavos reales que tenía dos hijos: Colita y Coludo. Colita tenía una **cola corta, igualita a la de su mamá y a la de su papá**. Coludo, en cambio, había nacido con una cola bastante más larga que la de cualquier otro pavo real y que llamaba mucho la atención.

El tiempo pasó y llegó el momento de conseguir novia. Colita, Coludo y todos sus amigos se paseaban delante de las pavitas mirándolas de reojo para ver si lograban llamar su atención. Aunque no podía explicar por qué, a Coludo le parecía que su extraña cola atraía mucho a las pavitas.

Aunque Coludo no eligió ser diferente, su cola larga y llamativa le vino al pelo para conseguir muchas novias y tener muchos hijos: algunos con cola corta y otros con cola larga.

Y a los hijos con cola larga les pasó lo mismo que a su papá: cada vez que salían a conquistar pavitas tenían más éxito que los pavos de cola corta. Entonces, ellos también tuvieron muchas novias y un montón de hijos (varios con cola larga).

Los nietos de Coludo tuvieron hijos, que tuvieron hijos, que tuvieron hijos, y la historia se repitió una y otra vez: los pavos reales de cola larga tenían más hijos que los de cola corta.

Y así fue como el paisaje se fue llenando de colas largas, como esa que tan útil le fue a Coludo.

¿Por qué se puso tan guapo el pavo real?

Hace mucho, mucho tiempo, los antepasados de los pavos reales tenían la cola corta, muy parecida a la de las hembras. ¿Y cómo fue que les "salió" una cola tan grande y llamativa? A la hora de entender qué pasó, muchos científicos tienen una explicación que se parece un poco al cuento de Coludo. Aquí va:

En algún momento y **por casualidad**, algunos pavos reales nacieron con la cola más larga y más brillante. Y cuando salieron a conquistar pavitas, les fue mucho mejor que a los otros. ¿Y por qué habrán tenido tanto éxito? Tal vez porque una cola espectacular indicaba que su dueño era muy fuerte y muy sano. O tal vez porque al ser más llamativos las pavitas los veían antes que a los de cola corta. Fuera por lo que fuere, los pavos de cola larga tuvieron una diferencia que les dio ventaja para conseguir muchas novias y tener muchos hijos. Algunos de sus hijos heredaron esa diferencia que también les resultó muy ventajosa para tener muchas novias y muchos hijos. Varios de ellos heredaron la cola larga y tuvieron hijos con cola larga, que tuvieron algunos hijos con cola más larga todavía, que tuvieron hijos con cola más larga todavía... Así, con el paso de miles y miles de años, todos los pavos reales se pusieron guapos y muy atractivos.

ay algo que es importante que tengas en cuenta: **los pavos reales no cambiaron "a propósito"**. Un pavo no dijo: "Si tuviera una cola más larga, tendría más éxito con las pavitas".
Cada animal que nace no es exactamente igual a sus padres y a sus hermanos. Entonces, es posible que un animal nazca con alguna diferencia que lo haga más atractivo y, por eso, le resulte más fácil conseguir pareja y tener muchos hijos. Esa diferencia la tendrán algunos de sus hijos, que también tendrán más hijos que probablemente tengan esa diferencia. Así, a medida que pase el tiempo (mucho tiempo), habrá más y más animales que lleven esa diferencia. Y en algún momento, serán tantos los que la tengan que ya no será una diferencia, sino algo común a todos.

Sobre gustos...

Como el pavo real, muchos animales tienen **estrategias** que los ayudan a conseguir pareja. Algunas son muy vistosas, otras son muy tiernas, y otras son tan extrañas que no parecen nada románticas.

Además de parejas de todo tipo, también hay padres para todos los gustos: algunos dan la vida por sus hijos, y otros son capaces de comérselos vivos; algunos acompañan a sus bebés a sol y sombra, y otros los abandonan antes de que nazcan. Y así como hay padres muy diferentes, también hay familias muy diversas: algunas duran sólo una temporada y otras son para toda la vida; algunas tienen poquísimos integrantes y otras son verdaderas multitudes.

Buscá un almohadón, sacate las zapatillas, ponete cómodo y preparate para conocer parejas extravagantes, padres asombrosos y familias superespeciales...

La pareja

Prohibido el amor

Hace muchos años, los romanos se la pasaban de guerra en guerra, conquistando tierras a diestra y siniestra. En algún momento, las cosas empezaron a andar mal y el emperador Claudio II comenzó a preocuparse porque quedaban pocos hombres para defender el gran imperio. Y de los que quedaban, casi todos estaban casados y preferían permanecer en casa con sus familias.

Después de darle vueltas al asunto, Claudio se acomodó la túnica, se sentó en su trono y ahí nomás ordenó: *A partir de hoy queda terminantemente prohibido casarse*. ¿Te imaginás el escándalo que se armó?

Valentín, un obispo de un pueblo cercano a Roma, decidió oponerse a semejante ridiculez y casar en secreto a todas las parejas que se lo pidieran. Cuando Claudio se enteró, lo mandó llamar y le exigió que lo obedeciera. Como Valentín le contestó que ni loco le hacía caso, el emperador se enojó muchísimo y dio una orden aún más loca que la anterior: *¡Córtenle la cabeza!*

La orden se cumplió al pie de la letra el 14 de febrero del año 270. Algunos años después, para homenajear al obispo defensor del amor, se eligió el 14 de febrero como **el día de los enamorados** o **de San Valentín**.

El macho de la **gallina faraona** no es tan guapo como el pavo real pero sabe muy bien cómo conquistar una linda gallinita. Cuando llega la hora de buscar novia, se junta con otros machos y todos se ponen en fila frente a las chicas. Ahí nomás empiezan a perseguirse unos a otros con la cabeza gacha y las alas levantadas, empujándose y molestándose. Los participantes van abandonando de a uno, y queda el que tiene más aguante. ¡Ese se queda con todas!

¡Qué machos!

¡QUÉ MAGNÍFICOS ESPOLONES!

¡CHUIK CHUIK!

¡CHURRO!

¡A ESO LLAMO ESPOLONES!

¡POTRO!

El **faisán** no es macho de una sola hembra, sino de muchas. Y para conquistarlas no debe hacerse el superaguantador, ni tener una supercola... le basta con mostrarles que sus **espolones** (unos pinches que le salen de las patas) son bien grandes. Al parecer, las faisanas hacen bien en preferir a los muchachos con espolones grandes porque éstos viven más tiempo y defienden mejor a las crías. ¡Eso es tener ojo!

El **ciervo** anda solo casi todo el año. Pero cuando le dan ganas de tener novia, conquista varias ciervas a la vez y va a vivir con ellas por un tiempo. El problema es que a todos los ciervos se les da por buscar pareja al mismo tiempo, y se arman unas peleas tremendas para ver quién se queda con las chicas del lugar.

En realidad, la pelea es puro teatro, porque nadie sale lastimado. Los contrincantes se chocan, se empujan y braman, hasta que uno de los dos abandona y se va. Aunque es todo una actuación, algunas veces la obra termina mal: los ciervos quedan enganchados por las astas y mueren de cansancio o de hambre.

¡Qué actores!

Cuando el **chorlitejo culirrojo** quiere que una chorliteja se fije en él, se tira al suelo y estira un ala como si la tuviera rota. Si la ingenua pajarita se acerca enternecida, el culirrojo abandona su papel de herido y "la saca a bailar". Lo que sigue no tiene nada que ver con el vals de los novios: suben, bajan, doblan, van, vienen, giran... todo acompañado de una ruidosa canción. Cuando aterrizan, el baile continúa con reverencias y carreras enloquecidas. ¡Qué espectáculo!

Dame una señal

El macho de la **ballena jorobada** canta unas canciones que ¡mamma mia! Entre gemidos, gorjeos, chirridos y chasquidos, es capaz de formar una melodía con ritmos y "estribillos" que llega a durar hasta una hora. Los sonidos que produce son tan potentes que las canciones pueden ser escuchadas por otras ballenas que están a ¡más de 150 kilómetros de distancia! Los científicos descubrieron que todos los *Pavarottis* marinos que viven más o menos cerca cantan la misma melodía y estrenan canciones nuevas una vez por año, justo cuando llega la hora de buscar novia. Así que todo parece indicar que se trata de una serenata de amor... ¡Qué románticos!

El bichito de luz, **luciérnaga** para los expertos, sabe muy bien cómo encontrar a la bichita de sus sueños. Y eso no es moco de pavo, ya que en un mismo lugar puede haber más de veinte tipos diferentes de luciérnagas. ¿Sabés cómo hace? Primero envía un mensaje luminoso particular y espera. Si alguna bichita de su misma especie anda por ahí, le contesta un "vení" con otro código de luces que él reconoce. Al recibir la invitación, el galán vuela al encuentro de la señorita y, una vez que confirma que es de su misma especie, empieza el romance.

La próxima noche de verano, no te pierdas de disfrutar esos brillantes mensajes de amor...

Cuando una **araña tejedora** siente algún movimiento en su tela, corre veloz a devorar al desafortunado insecto que quedó atrapado. ¿Y cómo hace un apuesto "araño" para acercarse a ella sin que lo confunda con un bicho cualquiera y se lo coma? Para emprender esta aventura de alto riesgo, el galán se acerca despacito, despacito, y mueve la tela suavemente (muy diferente de como lo hace un insecto desesperado). Esa señal es su manera de decirle: "Soy yo, querida, no me comas".

Bienvenida

Si hay alguien que trabaja duro para que una chica se fije en él, ése es el **pájaro jardinero**. Cuando llega el momento, despeja un espacio en el suelo del bosque y, con palitos y ramas, levanta dos paredes. Después fabrica una pintura masticando y masticando arándanos (unas frutitas de color azul), y pinta las paredes con la ayuda de un trozo de corteza. Para terminar su obra, decora la sala y el jardín con flores, bayas, piedritas, tapitas de botellas, huesos, pedacitos de vidrio y cualquier otra cosa vistosa que encuentre por ahí.

Una vez que el nido de amor está listo, se para orgulloso en la entrada y espera que alguna jardinera se enamore de la casita (y de su dueño).

¡Qué caballero!

A la **mosca escorpión** no le interesan ni las serenatas, ni una buena casa, ni ninguna de esas cosas... Lo único que le importa es que el candidato le traiga algún regalo. El "mosco escorpión" sabe muy bien lo que les gusta a las damas de su especie, así que cuando quiere conquistar a alguna, le lleva un bicho muerto. ¡Qué detalle!

Cuando el **lince** quiere conseguir novia, tiene que transpirar la camiseta. Para que una lincecita le diga que sí, primero tiene que demostrarle que es un buen cazador. Por eso, los futuros novios pasan varios días cazando juntos, mientras ella "le toma examen". Si el galán saca una buena nota, ¡se ha formado una pareja!

¡Qué romántico!

El macho de la **paca**, un animal que parece un ratón enorme, tiene una manera muy especial de seducir a una dama. Cuando se le acerca una bella paquita, sacude la cola, levanta los pelos y se pone a saltar como loco. Si con este despliegue logra llamar su atención, se le acerca y... ¡le tira chorros de pis!

Si la forma en que se conquistan las pacas te impresionó un poco, mejor no sigas leyendo. Cuando el **burro** quiere enamorar a una burra, la persigue de acá para allá. Una vez que la alcanza, no se comporta como un caballero: ¡la muerde y la patea! Aunque te parezca que así no podría convencer a nadie, lo más probable es que, después de todo eso, ella lo acepte como compañero.

Hasta que la muerte nos separe...

Al **rape**, un pez que vive en las oscuras profundidades marinas, no le resulta nada fácil encontrar pareja. Por eso, cuando huele la presencia de una hembra de su especie, nada presuroso a su encuentro.

Cuando alcanza a su chica, que puede ser hasta diez veces más grande que él, le clava los dientes y se le prende como una garrapata.

A partir de ese momento, el rape deja de tener vida propia: viaja con ella y se alimenta a través de ella. Se vuelve tan dependiente que ni siquiera usa sus ojos y éstos, finalmente, terminan desapareciendo. Lo que se dice "un verdadero parásito".

Le guste o no, la rape tendrá que aguantar al candidato las 24 horas del día, los 7 días de la semana, por el resto de su vida.

Tu turno

Cuando los animales buscan pareja, lo que en realidad están buscando es al futuro padre o a la futura madre de sus hijos. Nada más, ni nada menos, que eso. Aunque las hembras y los machos están interesados en lo mismo, es evidente que, a la hora de conquistar, casi siempre son ellos los que hacen el trabajo: construyen nidos, mantienen limpias y brillantes sus plumas, luchan con otros, cantan serenatas, desfilan, corren, hacen regalos... Ellas se quedan mirando o esperando lo más tranquilas, y finalmente se quedan con el "mejor" candidato.

Este comportamiento tan desigual se debe a una especie de reparto de energía: una vez que se forme la pareja, probablemente ella haga la mayor parte del "trabajo". Ella pondrá e incubará los huevos, o llevará y alimentará las crías que crezcan en su panza. Y cuando nazcan los bebés, se ocupará tanto o mucho más que el papá de cuidarlos y de alimentarlos. Aunque siempre hay excepciones...

la dulce espera

Compañeros

Cuando un chico está por nacer, toda la familia se pone ansiosa por saber a quién se parecerá: si será curioso como el abuelo Pedro, si tendrá los ojos de Martina, si será simpático como Lucía...
Los *huaves*, un pueblo indígena de México, también esperan que sus hijos se parezcan a alguien... pero no a una persona. Ellos creen que cada vez que nace un muchachito o una muchachita también nace un animal. Ese animal se llama *nagual* y, según los *huaves*, es en él donde hay que buscar los parecidos. Aunque nadie lo ve ni sabe dónde está, el nagual será el compañero de la persona durante toda su vida.

NAGUAL: COYOTE.

inseparables

Para descubrir cuál es el nagual de un bebé, hay que observarlo con mucha atención. Si duerme con los ojos un poco abiertos, su nagual puede ser una culebra. Si le ladran mucho los perros, es probable que se trate de una zarigüeya. Si no se queda quieto y se pone nervioso por cualquier cosa, seguro que su nagual es un tigre.

Se dice también que el parecido con el nagual no termina ahí: lo que le pase a uno, también le pasará al otro. Si el animal se enferma, la persona también se sentirá mal; y si uno tiene hambre, el otro también tendrá ganas de comer. Y algo más: si alguna vez la persona se encuentra cara a cara con su nagual, se convertirá en alguien muy poderoso, porque podrá aprender a transformarse en ese animal.

Aunque son una excepción, hay algunos padres
que son unos padrazos...

¡Papito!

Cuando el **ñandú** decide formar una familia, no se anda
con chiquitas. Consigue 4 ó 5 hembras, prepara un buen
nido, e invita a sus mujeres a poner allí sus huevos. Una vez
que están bien acomodados, el futuro papá se les sienta
encima y se queda incubándolos durante varios días. ¿Sabés
cuántos huevos puede incubar de una sola vez? ¡Cincuenta! ¿Y
sabés cuánto pesa cada uno? ¡Un kilo y medio!

La **jacana** también tiene una familia
numerosa, pero al revés que la del
ñandú: una hembra con varios machos.
Cuando "la dama" pone los huevos, cada
papá se sienta a empollar los que le
pertenecen, mientras ella se ocupa de
proteger a su gran familia de cualquier
peligro. Y si aparece una competidora
dispuesta a robarle sus maridos, los
defiende con uñas y dientes.

La mayoría de los sapos y de las ranas pone sus huevos en el agua y... *si te he visto, no me acuerdo.* El **sapo partero**, en cambio, recoge los huevos que pone la hembra (en tierra) y se los enreda entre las patas traseras y la espalda. Todos los días sale de su madriguera y mete las patas en el agua para que sus futuros hijos no se sequen. Recién cuando los renacuajos están listos para nacer, se desprende de ellos y los deposita en el agua cuidadosamente.

Si hay un padre muy original, ése es el **caballito de mar**. Antes de despedirse de una linda caballita, baila con ella una danza muy graciosa. Mientras tanto, ella pone los huevos en una bolsa especial que él tiene en la panza. Bailando y bailando, el caballito va de novia en novia hasta que la bolsa queda completamente llena.

Durante las semanas siguientes, el papá "embarazado" cuida a sus futuros hijos pasándoles alimento a través de la sangre. Cuando los bebés están listos para salir, la bolsa se rompe y se van nadando lo más panchos.

BEBES A BORDO

Huevadas increíbles

Los **salmones reales** pasan sus primeros años en el arroyo donde nacieron, y después se dejan llevar por la corriente hasta las saladas aguas del océano. Cuando les llega el momento de tener hijos, emprenden una gran aventura: nadan más de 2.000 kilómetros en contra de la corriente para volver al lugar donde nacieron. De vuelta en casa, ponen los huevos y mueren al poco tiempo. Y lo mismo harán sus hijos, y sus nietos, y sus bisnietos...

A la hora de elegir un nido para sus huevos, la **rana incubadora de Australia** hace algo muy raro: se los traga y los guarda en su propio estómago. Para evitar que se transformen en una nutritiva papilla, su estómago deja de producir los jugos que se necesitan para digerir la comida. Durante las cinco semanas que dura la incubación, la futura mamá no prueba bocado (de todas formas, no podría digerirlo). Pasado ese tiempo, se acerca a la orilla, abre grande la boca y vomita unas 20 ranitas hechas y derechas.

En lugar de construir un nido para sus polluelos, **el estornino europeo** elige uno que ya estuvo usado por otro pájaro. Eso sí: antes de que la mamá ponga los huevos, el papá se ocupa de dejar todo impecable. Y algo más importante aún: como los nidos de segunda mano suelen venir con bichitos que podrían enfermar a los pichones, el futuro papá recubre el hogar con plantas aromáticas desinfectantes. ¡Qué higiénico!

Si la **tortuga** llevara un termómetro cuando pone los huevos, podría saber con bastante precisión si va a tener nenas o varones. Si durante las dos primeras semanas de incubación no hace mucho calor (menos de 27 grados), nacerán casi todos machos. Si, en cambio, el termómetro pasa los 30 grados, es muy probable que nazcan casi todas niñas.

33

Todo en su justa medida

Cuando la hembra del **bacalao** va a poner huevos, no ahorra para nada. Sube a la superficie y ahí nomás larga ¡más de 2 millones de huevos! Una parte de esa enorme cantidad será devorada por otros animales. Y entre los bacalaos que nazcan, es probable que sólo **dos** lleguen a tener hijos. Los demás no lo lograrán: se los comerán otros animales, se enfermarán o serán el plato del día de un restaurante elegante.

Este asunto de que **sólo dos hijos (en promedio) logran tener cría** esconde algo fundamental para **casi** todos los animales: ésta es la manera en que cada especie mantiene el mismo número de integrantes a lo largo del tiempo (mucho tiempo). Pensalo así: si cada pareja tuviera más de 2 hijos que, a su vez, tuvieran más de 2 hijos que tuvieran más de 2 hijos... ¡en algunos años habría animales de esa especie en cada esquina! Si, en cambio, cada pareja no llegara a tener 2 hijos adultos con hijos, al cabo de varias generaciones esa especie se extinguiría...

Cuidado con el hombre-lobo

Hace muchos, muchísimos años, cuando los hombres cazadores salían a investigar el terreno, lo hacían cubiertos con pieles de animales y moviéndose como si fueran bravísimos. De esta forma, intentaban evitar que los animales salvajes los atacaran.

Es posible que de esta costumbre haya nacido una creencia compartida por muchos pueblos del mundo: que los hombres pueden transformarse en lobos. Imaginate qué miedo: cualquier persona podría tener un familiar o un amigo que, alguna que otra noche, se convirtiera en una bestia negra y corpulenta, de enormes orejas, con fuertes pezuñas y ojos muy brillantes...

La "razón" que determinaba que alguien fuera un hombre-lobo variaba de un lugar a otro. En el norte de Argentina, por ejemplo, se creía que si una pareja tenía siete hijos varones seguidos, el séptimo era sí o sí un "lobisón". Y la gente estaba tan convencida de esa idea descabellada, que los séptimos hijos varones casi siempre eran abandonados.

Para terminar con semejante locura, en el año 1920 se dictó una ley muy particular: *el presidente es el padrino del séptimo hijo varón de cualquier familia argentina*. De esta manera, el presidente se comprometía a ocuparse del chico y demostraba que el asunto del lobisón era una verdadera pavada. Aunque la creencia en el hombre-lobo ya casi no existe, los séptimos hijos varones siguen teniendo ese raro privilegio...

El bebé tiene hambre

El **águila imperial ibérica** no pone todos los huevos en el mismo momento y, por eso, sus hijos nacen en forma escalonada. Un día, el primero... y unos cuantos días después, el segundo. (A éstos pueden seguirlos un tercero y hasta un cuarto.) Si hay comida suficiente, todos crecerán sanos y fuertes. Pero si no, el primero, más grande y más fortachón, se comerá casi todo y le dejará al chiquitín las sobras. Si el pobre no muere de hambre, probablemente lo maten los picotazos de su hermano mayor. Aunque te parezca una crueldad, parece que si las cosas no fueran así, ninguno de los dos podría sobrevivir.

Si la **gaviota argéntea** no encuentra qué darles de comer a sus hijos, va a lo de alguna gaviota vecina y le roba un polluelo. El problema es que, algunas veces, confunde al pequeñito con uno de sus hijos y, al final, termina teniendo una boca más para alimentar...

...7...8...9.
¡¿ 9 ?!

No hay como la leche de mamá

Después de desarrollarse durante sólo un mes dentro de la panza, el bebé **canguro** viene al mundo superchiquitito y superindefenso. Aún así, se mete solito en la bolsa de la mamá y se engancha a una de sus cuatro tetas, a la que casi no soltará durante los siguientes ocho meses. Cuando ya es un cangurito hecho y derecho sale de la bolsa, aunque puede volver de vez en cuando a tomar la teta o a esconderse si se siente amenazado.

Si vuelve "a los brazos de mamá", es muy probable que se lleve una sorpresa: un hermanito ocupa el lugar que dejó. Y no sólo eso: también es posible que haya otro dentro de la panza, que recién empezará a desarrollarse cuando el del medio deje la bolsa libre. ¡Qué madre organizada!

Si de crecer se trata, el campeón de los campeones es el **elefante marino** bebé. Nace con unos 40 kilos y después de tomar teta y teta durante tres semanas llega a pesar más de 120. Entonces, la mamá, que en ese tiempo no probó bocado y adelgazó a lo loco, se despide de su hijo y se mete en el mar. Ahora le tocará ayunar al pequeñuelo, que se quedará en la orilla unas seis semanas más hasta que esté listo para salir a buscar su comida.

¡Qué buenos padres!

A la hora de proteger a sus polluelos, los **teros** se ganan varios premios. Ni bien se abren los huevos, se llevan las cáscaras para evitar que algún pájaro come-pichones se avive de que ahí hay teros tiernitos. Además, si algún animal cazador se acerca peligrosamente al nido, se alejan gritando y corriendo como locos. Cuando logran llamar su atención, fingen estar heridos o muertos, o se sientan como si estuvieran cubriendo un nido. Así probablemente logren que el cazador no descubra a los pichoncitos, aunque arriesguen su vida.

P ara cuidar a sus bebés, los **cálaos**, más que un nido, construyen un búnker. Cuando la mamá va a poner los huevos, se mete en el hueco de un tronco y tapa la entrada con una mezcla de saliva y barro. Allí se queda incubando, mientras el futuro papá le pasa comida por un agujerito. Después de que nacen los pichones, la mamá sale de su encierro y los chicos vuelven a levantar la pared. Allí, calentitos y seguros, esperan la comida que sus padres les traen.

¡Qué malos padres!

Cuando la pájara **cuco** va a poner un huevo, *usa un nido con madre incluida*. Ella selecciona cuidadosamente una futura mamá pájara entre varias candidatas y espera que se vaya a buscar comida.

Aprovechando que nadie vigila el nido, pone un huevo muy parecido a los que ya están allí y se lleva otro para no despertar sospechas. Después de varios días, el cuquito rompe el cascarón antes que el resto y tira los otros huevos fuera del nido. La madre engañada alimentará sin descanso a su único y angurriento hijo (falso), que en poco tiempo será mucho más grande que ella. ¡Qué cuco!

El **gupi** es uno de los pocos peces que nacen de la panza de la mamá. Es un pececito muy valorado por la gente del Caribe, porque se come los huevos de los mosquitos que transmiten la enfermedad de la malaria. Para poder hacer esta tarea tan útil, antes tiene que lograr algo bastante difícil: que ningún animal se lo coma. ¿Sabés quiénes están entre sus principales depredadores? ¡Sus propios padres!

¡A la escuela!

Clase Nº1

Lo primero que hace un **ganso** recién nacido es caminar detrás de su mamá. ¿Y cómo la reconoce? Casi siempre su mamá es lo primero que ve moverse ni bien sale del huevo. Sólo después de pasar tres días a su lado aprende a identificarla a la perfección.

¿Y qué pasa si ella no está cerca cuando él nace? El despistado gansito sigue lo primero que se le cruza: un perro, una pelota, una persona... Y si la mamá verdadera no aparece antes de que terminen los tres días de reconocimiento, el gansito adopta a su extraña "madre" para siempre.

Clase N°2 Para aprender a conseguir su comida, el **halcón peregrino** debe tomar clases prácticas durante varios meses. Su papá deja caer una presa (muerta) y el pequeño intenta capturarla en pleno vuelo. Si falla, su mamá, que va volando más abajo, la atrapa antes de que llegue al suelo. Y así, una y otra vez. Cuando recibe el título de cazador, el halconcito ya está listo para dejar la casita de los viejos.

Clase N°3 Después de que su papá protegió el huevo entre sus pies durante el durísimo invierno de la Antártida, el **pingüino emperador** rompe el cascarón. Y permanece ahí, entre los pliegues de la panza del papá, hasta que su cuerpo es capaz de soportar el frío y el viento.

Sus papás le harán saber que ya está mayorcito llevándolo a la guardería. Allí se quedará (junto a miles de pingüinitos), esperando que ellos regresen del mar con unos ricos pescados. Y aunque parezca imposible, el pequeño y sus papis son capaces de encontrarse entre semejante lío de alas, picos y patas.

Recién cuando tenga las plumas de "pingüino grande" el jovencito podrá asistir, junto con otros compañeros, a la "escuela del agua", donde pasará hasta 4 años aprendiendo a nadar y pescar.

Pocos hijos y muchos cuidados... o muchos hijos y pocos cuidados

La mamá **elefante** es una de las más dedicadas: su embarazo dura casi dos años, y amamanta a su hijo tres, cuatro y hasta cinco años. Durante el tiempo que vive con él, no lo deja solo ni un minuto y es capaz de defenderlo con su propia vida. Es evidente que la mamá elefante cuida a sus crías mucho más que la mamá bacalao, que pone los huevos y los abandona. ¿Y por qué actuarán de maneras tan distintas? El secreto parece estar en el **número**: mientras que una bacalao pone varios millones de huevos, una elefanta no tiene más de diez embarazos en toda su vida. Si a la bacalao se le mueren diez hijos, aún le quedan millones. Pero si a la elefanta le pasara lo mismo, no le quedaría ninguno.

En definitiva, **cada mamá hará lo necesario para que queden algunos "representantes" de su propia familia cuando ella ya no esté**.

Lo primero es la familia

Si te vas de paseo al corazón de la selva africana, tal vez tengas la suerte de conocer a los *mbuti*. ¿Y cómo los reconocerías? Primero que nada, porque son muy bajitos: miden menos de un metro y medio. Y en segundo lugar, porque tienen una forma de vida realmente asombrosa.

Los *mbuti* sólo necesitan animales y plantas para vivir bien. Con ellos se alimentan y fabrican sus casas, sus herramientas, su vajilla, su ropa y un montón de cosas más. Y también usan algunos de los animales que cazan para cambiarlos por lo poco que les falta (sal, hierro o verduras).

Los *mbuti* viven en grupos de unas 15 familias y tienen una vida muy tranquila y alegre. Todos trabajan por igual y, cuando terminan las tareas, se reúnen para cantar y contar historias.

Comparten la comida, el trabajo, los problemas y la diversión. Si alguno caza un animal, lo comen entre todos. A los chicos, los cuidan entre todos. Y si dos de ellos se pelean, entre todos resuelven el conflicto. Casi todos son parientes, así que cuando un muchachito se quiere casar, se busca una novia en otra tribu *mbuti*. Eso sí: para concretar el casamiento, tiene que conseguir que alguna de sus hermanas o primas también elija un novio de la otra tribu.

La famiglia unita

La nutria marina vive en aguas muy turbulentas. Mientras duerme, va de aquí para allá con la corriente y nunca sabe dónde se va a despertar. Para no perder a su familia por el camino, se enreda junto a los suyos en un colchón de algas. Así, aunque la cama improvisada viaje sin rumbo, ninguno faltará al desayuno a la mañana siguiente.

Cuando el **pájaro hormiguero** se hace grande, se despide de sus padres y se busca una linda pajarita con quien formar su propia familia. Eso sí: nunca se olvida de sus papis, a quienes va a visitar de tanto en tanto, durante varios años. Es tan apegado a ellos que, si con esas visitas no le alcanza, abandona su nido de amor y se lleva a su chica a vivir con los suegros. Lo que se dice un verdadero "nene de mamá".

Gran hermano

Aunque esté listo para dejar a su familia, el **chacal** suele quedarse con mamá y papá. Pero no es una carga para ellos, sino una gran ayuda: consigue alimentos y defiende el territorio de cualquier posible competidor. Y cuando nacen sus hermanitos, es una niñera ejemplar: juega con ellos, los alimenta con carne masticada, los limpia, los cuida y ahuyenta a los depredadores. ¡Qué hermanazo!

A diferencia del chacal, el **rinoceronte negro** no puede demostrar sus habilidades como hermano mayor. Cuando nace su hermanito, la mamá le hace saber que llegó el momento de que haga su propia vida y lo echa de su lado. El recién nacido disfrutará en exclusiva de los cuidados de mamá, hasta que nazca el siguiente, tres o cuatro años después. Entonces, le tocará a él hacer las valijas...

El rey león

Cuando nace, el **león** se encuentra con una gran familia: la mamá, la abuela, las tías, las tías abuelas y un montón de hermanitos y primitos que nacieron junto con él. Por ahí andarán también los **custodios de la familia**: el papá y algunos tíos.

A diferencia de sus hermanas, que se quedan en la manada para siempre, el joven león abandona a la familia a los tres años, junto con algún hermano y algún primo. El grupito de solteros andará unos años de aquí para allá, hasta que le llegue la hora de tener su propia manada.

Probablemente, a los muchachos no les resulte difícil encontrar un grupo de leonas; lo difícil será deshacerse de los machos que las acompañan. Si lo consiguen, se quedarán con ellas (hasta que vengan otros a echarlos a ellos) y tendrán sus propios hijos. ¿Y qué harán con los hijitos de los machos que se fueron? Puede ser que los adopten, o puede ser que **los maten a todos**.

¡AHÍ VIENEN OTRA VEZ ESOS SOLTERITOS!

Todo queda en familia

Si invitaras a comer a una familia de **lobos**, tendrías un enorme presupuesto de carne. Comen un montón, y son un batallón: el papá, la mamá, los hijos grandes, los hijos chicos y, tal vez, algún amigo que vive con ellos. Si tenés miedo de que se peleen por la comida y tu casa termine siendo un campo de batalla, no te preocupes: este familión tiene **normas muy estrictas**. Cada uno sabe perfectamente quién come primero y quién come después, y a quién debe obedecer y a quién puede mandar.

Aunque te parezca que tener una familia tan rígida puede ser muy desagradable, a los lobos este sistema les funciona fenómeno. Son muy unidos y muy organizados. Salen a cazar en grupo, se protegen unos a otros, defienden muy bien su territorio y cuidan a los pequeños entre todos. Lo que se dice una verdadera **empresa familiar**.

Los solterones

La historia de una pareja de **termitas** comienza con un vuelo muy romántico. Una vez en tierra, los bailarines pierden sus alas y cavan un nido donde fundan su palacio. Allí se instalan, como **el rey y la reina**, para poner huevos y más huevos cada día.

Sus hijos no serán príncipes ni nada parecido: serán obreras o soldados. Si les toca ser obreras, se ocuparán por siempre de mantener el nido, de alimentar a sus padres y a sus hermanos, o de limpiar la colonia y a sus integrantes. Y si son soldados, defenderán con su vida el palacio y a sus parientes.

Lo más llamativo de esta familia es que ninguno de los hijos puede tener sus propios hijos mientras sus padres están vivos. Sólo cuando mueran el rey y la reina algunas termitas podrán crecer y volar para encontrar a la termita de sus sueños y empezar su propio reinado. ¡Qué familia!

Buenos vecinos

El perrito de las praderas, que no es un perro sino una especie de ardilla que ladra, vive en una enorme ciudad subterránea (tan grande como varias canchas de fútbol) junto a miles de perritos. No imagines un conventillo: cada familia tiene su madriguera, con puerta privada, ventilación y calefacción.

Aunque está bajo tierra, una ciudad de perritos es fácil de reconocer porque en cada una de sus entradas hay varios perritos centinelas. Cada una de esas entradas lleva a uno de los muchos barrios en que se divide la ciudad.

Como los perritos no salen de su barrio ni dejan entrar vecinos de otro barrio, cuando se cruzan en algún túnel se huelen para reconocerse. Si son parientes, se saludan afectuosamente y tal vez pasen un rato juntos limpiándose mutuamente o compartiendo la comida.

Todo es muy ordenado, salvo cuando a los jóvenes les llega la época de buscar pareja: entonces andan todos de barrio en barrio, con cara de enamorados...

Ahora que sos todo un experto en *amor animal*, preparate para participar en una gran ceremonia. ¿Sabés por qué? Te toca elegir a los ganadores del gran concurso **"Te quiero mucho, poquito, nada"**. Vestite de fiesta, buscá un marcador, concentrate bien y...

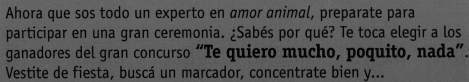

¡Bienvenido a la entrega de premios!

El más seductor: ....

El más romántico: ....

La conquista más ingeniosa: ....

El padre más protector: ....

La madre más dedicada: ....

Los peores padres: ....

La familia más unida: ....

La familia más extravagante: ....

Ni buenos, ni malos

Cuando los animales buscan pareja, no quieren parecer ni románticos, ni ingeniosos, ni protectores. En realidad, lo que están buscando es no formar parte de la lista de *animales en extinción*. Y para lograrlo, es fundamental que tengan hijos y que éstos, a su vez, tengan hijos, que tengan hijos, que tengan hijos...

Por esta razón, el tipo de pareja que elige un animal tiene mucho que ver con lo que van a necesitar sus hijos cuando nazcan. Si nacen indefensos y requieren muchos cuidados, es más probable que la mamá elija un papá que demuestre que se ocupará de las crías. En este caso, tendrá muy en cuenta para su elección que el macho sepa construir un buen nido, que sea buen cazador o que pueda defender el territorio. A su vez, al padre también le "convendrá" quedarse con las crías porque así éstas tendrán más posibilidades de sobrevivir.

En cambio, si los bebés nacen bien desarrollados y no necesitan muchos cuidados, es probable que la mamá se las pueda arreglar sola con ellos. En este caso, ella buscará un macho fuerte y saludable (con un plumaje brilloso, una gran cornamenta, un canto potente) que le asegure tener hijos también fuertes y saludables. A él, a su vez, le convendrá tener tantas novias (e hijos) como le sea posible, sin quedarse con ninguna mucho tiempo.

Aunque algunas cosas que hacen los animales te puedan parecer feas, extrañas o crueles, es importante que sepas que el bacalao no se siente abandonado, ni el rinoceronte odia a su hermano porque le roba a su mamá, ni las termitas obreras sueñan con tener su propia familia. Las relaciones familiares de los animales no tienen nada que ver con las relaciones que establecemos las personas, y no tiene ningún sentido compararlas.

Y también es muy importante que sepas que los animales no hacen nada "a propósito", ni lo discuten con sus amigos, ni lo consultan con la almohada. Sólo actúan siguiendo su instinto, que los ayuda a sobrevivir y a tener hijos.

Hasta aquí llegamos. Probablemente algo de lo que leíste te hizo recordar algún otro animal o, tal vez, conozcas otras cosas curiosas que hacen los animales cuando buscan pareja, tienen hijos o forman una familia. Si querés contarnos cuáles son o quiénes fueron tus animales premiados, mandanos una carta o un e-mail. Nos encantaría saber cómo te llamás, cuántos años tenés, qué te gusta hacer y todo lo que nos quieras decir. Ahora te toca escribir a vos. Daaaaale...

Ileana y Carla

iamique@elsitio.net
ediciones iamiqué. Guatemala 6048,
(1425) Buenos Aires, Argentina

GUATEMALA 6048 (1425) BS. AS. ARG.

Podés visitarnos en **www.iamique.com.ar**

¿Ya formás parte de la hinchada de **ediciones iamiqué?**

Preguntas que ponen los pelos de punta

sobre el agua y el fuego

sobre la Tierra y el Sol

sobre la luz y los colores

Sueños curiosos

Esa no es mi cola

Esas no son mis patas

Esas no son mis orejas

Este **atractivo** libro, que conquista y enamora,
se terminó de imprimir en marzo de 2005
en **Grancharoff impresores**,
Tapalqué 5868, Ciudad de Buenos Aires, Argentina.
Tel (54-11) 4684-1551 / 4683-1405
impresores@grancharoff.com